Armin Skief

Der König der Verrückten

Psycho - Märchen

FSC
www.fsc.org
MIX
Papier aus verantwortungsvollen Quellen
Paper from responsible sources
FSC® C105338

Bibliografische Information der Deutschen Nationalbibliothek:
Die Deutsche Nationalbibliothek verzeichnet diese Publikation in der Deutschen Nationalbibliografie; detaillierte bibliografische Daten sind im Internet über dnb.dnb.de abrufbar.

Herstellung und Verlag: BoD – Books on Demand, Norderstedt

ISBN: 9783757892340

Die Verrückten öffnen die Tore und die Weisen folgen ihnen nach.

Henry Dunant

Inhaltsverzeichnis

Einleitung

Die Hitze

Es waren die letzten heißen Tage des Jahres. Die Sonne brannte gnadenlos am blauen Himmel und das Grün des Rasens war schon lange nicht mehr nur grün. Alle, die konnten, suchten den Schatten und selbst die Vögel in den Bäumen sangen nicht mehr. Gleich hinter der mittelalterlichen Stadt auf einem sanften Hügel lag und liegt eine belebte Parklandschaft. Verschlungene Pfade, Wege und Straßen verbinden die scheinbar lose an den Wegesrand gestreuten Backsteinvillen aus längst vergangenen Zeiten mit grauen Betonklötzen und modernen Stahlglasbauten. Etwas verblasste gelbe Transporter sind wie fleißige Bienen ständig am Hetzen von Ort zu Ort. Die Zäune um das Gelände herum sind hinter hohen Hecken verborgen und die Zufahrt auf den Hügel wird von einer rot-weißen Automatikschranke und einem Infohäuschen bewacht. Für den interessierten Betrachter unterscheiden sich Besuchern und Bewohner des Hügels erkennbar voneinander und unter sie mischen sich hier und da auch noch zielstrebig erscheinende Menschen ganz in weiß. Und gäbe es da nicht auch noch all diese Nummern und Buchstaben an den Gebäuden und die vielen Wegweiser an jeder Ecke hin zu Werkstätten, Heimen und Stationen – dann müsste man nur noch die unübersehenbar Verrückten übersehen, um dies für einen ganz normalen Ort zu halten.

Die Dimensionen

Nichts hat hier – so hat es unser Patient oft unvorbereitet erfahren – nur eine Dimension, nichts hat hier nur eine Lösung. Was für den Einen das Entlassungsgespräch, das ist für den Anderen die Verlegung in die Langzeitstation. Was für den Einen vermisste Freiheit, ist für den Anderen unheilvolle Außenwelt. Was den Einen vor sich selbst schützt, schützt die Anderen vor dem Einen. Und so flüstern auch die Flure und Treppenhäuser, die Säle, Stuben und Winkel jedem Besucher – und in den Augen dieser alten Gemäuer ist jeder nur ein Besucher – mehr als nur eine Wahrheit. Sanft streift unser Patient im Vorübergehen beinahe unmerklich mit seinen Fingerspitzen die nächstgelegene Wand. Respektvoll und auch dankbar will er der ehrwürdigen Einrichtung mit seiner Zuversicht ein wenig von der schweren Last der Jahrzehnte nehmen. Da schallt es genauso trotzig wie würdevoll, ebenso mächtig wie lautlos zurück: „Sieh mich an und erfahre: Die Welt ist ein Irrenhaus und ich bin die Zentrale!“ „Das ist wohl wahr“, denkt unser Patient und lächelt milde in den Raum hinein. Der Wahnsinn dieser Tage geht an nichts und niemandem spurlos vorüber!

In diesen Tagen

Es war ein Tag wie jeder andere in diesem Sommer auf dem Hügel. Für jeden – außer für unseren Patienten. In der Kühle hinter dicken Mauern, im Schutz der altehrwürdigen Einrichtung, streift unser Patient durch die schicksalsbeladenen Gemäuer der psychiatrischen Landesklinik. Außer den Schließ- und Essenszeiten der Station keinen Beschränkungen mehr unterworfen. Die Freiheit seiner hemmungslosen Gedankenwelt gegen die Freiheit der offenen Station getauscht, bewegt sich unser Patient scheinbar ziellos durch das Haus, scheinbar zeitlos durch den Tag, aber unaufhaltsam einer Entscheidung entgegen. Ganz beiläufig – als sei es der Gang der Dinge – hatte man ihn aufgefordert: „Warten Sie morgen um neun Uhr bitte vor dem großen Besprechungszimmer. Wir glauben, es ist mal wieder an der Zeit, Sie dem Herrn Professor vorzustellen." „Das kann ja heiter werden", dachte sich unser Patient, die bisherigen Gespräche in ganz spezieller Erinnerung.

Teil 1

Zeit

„Natürlich weiß ich, wie eine Uhr funktioniert!" Unser Patient fühlt sich von der jungen, sich und ihn stressenden Ärztin herausgefordert. „Das sollten Sie auch, schließlich haben Sie ja die Uhr erfunden!" In ihrer Stimme ist Spott und ihr Blick ist herausfordernd aggressiv. „Es ist nicht die Uhr. Die Zeit hab ich damals erfunden", glaubt unser Patient – kann sich aber nur sehr dunkel an den Anfang erinnern und seine Armbanduhr bleibt auch verschwunden. „Sie wollen also wissen, wie die Uhr geht?" Unser zeitloser Patient glaubt nicht an eine einfache Erklärung für den Streit. „Nun, ich will Sie nicht mit technischen Details überfordern." Er steht energisch auf. „Sie nehmen einfach einen Stock, stecken ihn in die Erde und schauen dem Schatten hinterher! Einen schönen Tag noch!" Unser Patient geht zügig davon und spürt, dass mehr als nur die Zeit für ihn läuft.

In der Gegenwart ist das Vorfahren eines gelben Lieferwagens zu hören, neben dem alten Backsteingebäude mit unserem Patienten – der immer noch ziellos durch die offene Station streift – erst zum Stillstand gekommen, dann den Rückwärtsgang reingehauen, um hinter dem Haus an die Laderampe zu manövrieren. Unser Patient nimmt sportlich die wenigen Treppen ins Erdgeschoss. Einmal um die Ecke am Speisesaal vorbei zur Be- und Entladezone. Der osteuropäische Fahrer des postgelben Lieferwagens an der Laderampe – geübt im Umgang mit Kranken und auch selbsternannten Verrückten – ist mit sich selbst und vor allem mit seiner Arbeit beschäftigt.

Das Fenster

Draußen vor dem vergitterten Fenster des Krankenzimmers auf der Geschlossenen – welches sich unser Patient vergangener Tage mit dem von Beginn an nie krank gewesenen Polen teilt – sind die Handwerker auf dem Gerüst mit ihrer Arbeit zugange. Von Stock zu Stock, von Gebäude zu Gebäude zieht der Malertrupp, um alles in neuem Gewand erscheinen zu lassen. Unvermutet und vor allem unüberhörbar hat der Pole einen Landsmann zum Gesprächspartner. Der Pole im weißen Overall, hinter dem Gitter und der Pole auf der anderen Seite. Nach kurzer Zeit sind sich die beiden offensichtlich einig und gehen wieder ihrem Tagwerk nach. „Gut Meister, gut Meister!“, will der Pole unserem Patienten zu verstehen geben und deutet dabei in Richtung Fenster. Unser etwas überforderter Patient schaut, um nicht unhöflich zu sein, neugierig durch das Fenster nach draußen, zu denen auf der anderen Seite.

An der Laderampe der Backsteinvilla ärgert sich unser Patient etwas darüber, dass er zur Abholung der Schmutzwäsche hierher geeilt ist. Übrig gebliebenen Nachtisch gibt es hier sicher nicht! Und so stellt er sich etwas abseits und zündet sich mit seinem Feuerzeug eine Zigarette an.

Feuer

Offenes Feuer war und ist wohl für immer auf der geschlossenen Station verboten! Auf keinen Fall darf sich jemand – auch nicht unser Patient – mit seinem, vom treu sorgenden Besuch eingeschmuggelten Feuerzeug erwischen lassen. Und das Risiko ist dank der Glasfront und der Lage des Raucherzimmers mitten auf allen Fluren und der Sensibilisierung aller in Weiß bei dem Thema doch ziemlich hoch. Unser Patient hat sich schon nachts um halb zwei erwischen lassen. Der Feuerzeugersatz ist der Anzündautomat an der Wand. Ein kleiner Metallkasten mit einem Taster und einer Glühspule. Das Gerät hängt im Raucherraum der geschlossenen Station 32 und es scheint so, als gehöre es genau in diese Einrichtung, genau in diesen Raum, genau an diesen Ort! Es ist zu den üblichen Wachzeiten fast immer eine Art Schlange davor. Manche ziehen sich einen Stuhl heran und verkünden jedem, der auch nur in die Nähe kommt, wo genau ihr Platz in der Reihe ist. Eigentlich ist es weder eine Schlange und auch keine Reihe, es ist – zumindest für Außenstehende – ein wirrer Haufen. Glaubend, dass der Wille, sich dem Automaten und seinen Gesetzen zu fügen, ihr eigener geworden ist. Und außerdem hat auch niemand Besseres zu tun. Man muss den richtigen Moment erwischen: wenn die Spule glüht! Manche stehen deshalb zur Sicherheit beim Knopfdrücken – der Automat ist auch noch zu tief angebracht! – schon gebeugt vor dem Kasten mit der Zigarettenspitze an der Spule, gierig am kalten Glimmstängel ziehend. Andere haben einen Beuge-Aufricht-Rhythmus etabliert. Nur die wenigsten sind nicht restlos von ihrer inneren Uhr befreit und können in etwa abschätzen, wann genau die Spule glüht. Wie auch immer, früher oder später brennt die Zigarette. Und sei es weil der Engländer sich mit einer ertauschten Zigarette im Mund, zu unserem Patienten vorbeugt. Ohne Kommentar ascht unser Patient noch einmal ab, legt die Glut ganz frei und drückt seine Zigarette gegen die Zigarettenspitze des Engländers. Zwei- dreimal ziehen, paffen, die Zigarette brennt. Der Mann von der Insel nickt kaum merklich. Etwas umständlich diese Methode, aber gibt man seine Zigarette aus der Hand, bekommt man sie vielleicht nicht wieder zurück, denn manch einer hier hält sie dann, ganz ehrlich, für seine eigene.

Unser Patient, noch immer neben der Laderampe, zieht an seiner Zigarette und blickt in den schon klischeehaft blau strahlenden

Sommerhimmel. Wenige weiße Wölkchen machen das Bild komplett. Weiter oben einige Kondensstreifen.

Düsenjäger

Lang gezogen und langsam verhallt das Donnern des Kampfjets in der Ferne. Gerade als der Tiefflieger kaum mehr zu hören ist, dröhnt mit seinem mechanischen Schrei der nächste Flieger im simulierten Angriff über das Gelände. „Warum ich?!", seufzt unser verrückter Patient. Ihm ist es, als hätten sie es nur auf ihn abgesehen. Immer zielgenau über sein Krankenzimmer. Es ist schon lange Nachmittag und unser dämmriger Patient hat viel zu lange gelegen. Der schwülen Sommerhitze wegen nur mit Shorts bekleidet und nur halb mit dem abgezogenen Deckenbezug bedeckt. Gerade hat er der jungen, immer nervösen Ärztin – sie war einfach so in sein Zimmer geschneit – auf die Frage, ob er denn krank sei, geantwortet: Er würde nur schlafen, bis es an der Zeit sei. Unser verrückter Patient richtet sich auf. Der Puls hämmert von innen an die Schädeldecke. Mit einem Seufzer sinkt er vorsichtig wieder ins Kissen zurück. „Eine Schmerztablette! Tausend bunte Pillen und nichts davon gegen meine Schmerzen! Wenigstens was trinken wäre gut", denkt er sich. Der Kopf pocht noch immer. Die nächste Rotte im Anflug. „Ich weiß doch, dass ihr da seid!" Unser verrückter Patient zieht rechts und links neben seinem Kopf am Kissen und drückt die Enden über seine Ohren.

Die Augen geschlossen verfolgt er das nur in seiner Lautstärke abgemilderte Manöver über ihm. Über seine Stirn läuft Schweiß. Der ganze Körper ist seit Tagen klebrig verschwitzt. Unser Patient wischt sein Gesicht in den feuchten Kissenbezug – als die Jets über ihm ihre Kreise ziehen.

Rasierer

Es war gar nicht so schwer für unseren umtriebigen Patienten, den Schichtwechsel beim Pflegepersonal auszunutzen, um den ausgegebenen Nassrasierer behalten zu können. Und so ist unser Patient stolz auf seinen Rasierer – wie er so da liegt, auf der Ablage unter dem Spiegel im Nassbereich seines Krankenzimmers. Ein Stück Normalität. Feuerzeug und Rasierer. „Als Nächstes hole ich mir meine verschwundene Uhr zurück!" Am folgenden Tag ist Visite und unser Patient denkt sich erst nichts dabei, als er mit im Zimmer bleiben darf, während der Stationsarzt mit seinem Zimmergenossen, dem alten Teenager, folgendes Gespräch führt: „Dann erzählen Sie mal, was war heute Nacht passiert?" „Ich musste es tun, Sie wissen doch was!" Der Mitbewohner zeigt seine ziemlich dicke, professionelle Bandage am linken Handgelenk bis über den Unterarm. „Sie haben sich also wieder geritzt?" „Ja, ich habe es versucht! Ich habe es wirklich versucht!" „Und wie sind Sie an das Messer gekommen? Es war doch ein

Messer?" „Nein, es war ein Rasierer und der hat einfach da beim Waschbecken gelegen." „Und warum haben Sie aufgehört?" „Weil die Klinge nicht tief genug kam und immer stumpfer wurde." Der Mitpatient ist sichtlich niedergeschlagen. „Vielen Dank." Der Arzt beendet dieses Gespräch.

Polizei

Es gibt ein ständiges Kommen und Gehen auf der Station 32. Patienten werden ver- oder umgelegt und es kommen ständig neue dazu. Und so kommt es dieser Tage, dass unser Patient gelangweilt im Raucherraum sitzt, als es etwas Abwechslung für ihn gibt. Die Judoschwester – unser Patient nennt sie so, seit sie mit ihren Judokünsten angegeben hatte und ihn ihren Bizeps hat fühlen lassen – kommt in Begleitung eines nervösen Mannes auf ihn zu. „Ich habe jetzt keine Zeit!", ruft sie noch im Gehen und lässt den Mann bei unserem Patienten stehen. Ende 20, groß, sportlich mit Dreitagebart. „Glauben Sie, ich könnte Polizist werden?", fragt der Mann direkt heraus. „Wieso wollen Sie denn Polizist werden? Was haben Sie denn bisher getan?" Unser Patient hat beschlossen so freundlich und normal zu reden – wie es allen Beteiligten eben möglich ist. „Ich bin Oberleutnant.", entgegnet der Mann. „Oberleutnant ist doch gut, warum wollen Sie denn jetzt Polizist werden?", fragt unser Patient. „Warum soll Oberleutnant gut sein?" „Na, ich war nur Obergefreiter." „Das ist aber keine Begründung." „Verdammt!", denkt unser Patient. „Jetzt habe ich diesen Klugscheißer an der Backe! Danke, Judoschwester!" „Na gut.", gibt unser Patient sich geschlagen. „Sie können Polizist werden." „Wirklich?!" Mehr als ein Lächeln huscht über das Gesicht des Mannes. „Ja, wirklich!" Der Mann ist offensichtlich hocherfreut und stellt sich deutlich erleichtert neben den Stuhl unseres Patienten. „Von mir aus auch Polizeipräsident.", denkt unser Patient. „Hauptsache, ich habe meine Ruhe!"

Der Stahlring

„Uhrzeit!" Unser Patient findet sich auf seiner Bettkante sitzend wieder und erkennt plötzlich, dass ihm seine Uhr doch fehlt. Nur der Uhrzeit wegen. Gegen einen simplen, billigen Stahlring getauscht! In dem Moment ein geniales Geschäft. Die Uhr verrückt. „Na, die Zeit vergeht auch ohne mich und meine Uhr", tröstet sich unser Patient und betrachtet den eisernen Ring auf seinem Nachttisch. Er weiß nicht, ob er ihn tragen soll oder doch besser für immer unerreichbar machen. Draußen fliegt eine, vermutlich gelbe, Propellermaschine im Tiefflug vorbei. Leiser und leiser verklingt ihr Summen. „Summ, summ. Ich bin eine Biene." Wie eine viel zu große, pummelige Biene steuert der kleine, dicke Junge in der gelben Hose mit ausgebreiteten Armen in Kurven an allen Betten vorbei, zu unserem Patienten ans Krankenbnlager. „Bist du traurig?“, fragt der Bienenjunge. „Nein, ich weiß nur nicht, wie spät es ist.“ „Das weiß ich auch nicht.“, entgegnet der Junge, auch etwas ratlos. „Aber ich kann dir meine Uhr geben.“ Und ehe sich unser Patient versieht, hat er eine schlichte schwarze Digitaluhr am Handgelenk und der Bienenjunge summt wieder fröhlich davon. Doch was zeigt uns die Uhr? Diese wie keine?! Die Zeiger drehen sich unaufhörlich.

Ich bringe euch alle um!

„Ich bring euch alle um!“, so erreicht der furchteinflößende Mann alle im Zimmer. „Ich bring euch alle um!“, zischt der ausgemergelte Mann mit den stieren Augen. „Ich bring euch alle um!“, flüstert er aus den Ecken des Zimmers heraus. Der mit den tiefschwarzen Augenringen und dem knochigen Gesicht. „Ich bring euch alle um!“, flüstert er – aber immer nur ganz leise in jedes Ohr ... Weil das seine Krankheit ist! „Ich bring euch alle um!“, verspricht er wieder und wieder. Und seine Wahrheit dahinter ist für all die Ungläubigen. Unser Patient nimmt seinen Bleistift kurz in die Faust und bereut es gleich wieder.

Gegen sich selbst

„Wir spielen einfach jeder drei Hände. So sind die Chancen größer und es wird nicht so schnell langweilig", schlägt der erfahrene Pokerspieler, der unserem Patienten gegenübersitzt, vor. „Gute Idee, mal was Neues.", sagt sich anfangs unser Patient. Gespannt verfolgt er, wie der halbverrückte Engländer – der nicht widerspricht wenn man ihn in einer Reihe mit Rekord- Football-Nationalspielern nennt – ihm und sich je drei Zweierstapel verdeckte Karten austeilt. Nach kurzer Betrachtung entscheidet sein Gegenspieler: „Ich spiele alle drei Hände." Und legt dreimal einen Chip auf den Tisch. Unser Patient tut es ihm gleich. Die ersten drei Gemeinschaftskarten kommen offen in die Mitte des Tisches. Sein Gegner spielt mit allen drei Händen. Unser Patient hat weniger Glück und wirft eine Hand weg und hofft auf die beiden anderen. Alle verbliebenen Hände setzen und die nächste Karte kommt auf den Tisch. Unser Patient hat wieder kein Glück, hält aber hoffnungsvoll noch eine letzte Hand. Der Engländer behält weiter seine drei Hände und setzt hoch. Letzte Karte. Der Engländer verkündet mit allen seinen drei Händen spielen zu wollen. „Wozu soll das denn gut sein?", fragt unser Patient vorwurfsvoll. „Drei Hände, dreifaches Glück." Der Londoner zeigt sein Pokerface. „Und was machst du, wenn ich aussteige?", fragt unser Patient. „Spielst du dann gegen dich selbst?" „Das entscheide ich dann, wenn du ausgestiegen bist." Unser Patient hat plötzlich gar keine Lust mehr auf ein Spiel mit den eigenen Händen gegeneinander. Soll er doch mit seinem Sieg prahlen und das Spielgeld horten. Der Halbverrückte von der Insel spielt und setzt richtig hoch, alle seine Chips in drei Stapeln gegeneinander. Bei zumindest genug Bewusstsein fürs Spiel meint er es richtig ernst.

Die Rollstuhlfahrerin

Wie üblich – wenn nicht im Bett – sitzt unser Patient im Raucherraum und lässt die Zeit verrinnen. Der halb verrückte Engländer ist da, der Typ, der sich für Zeus hält, der depressive rothaarige Ire und der – so glaubt unser Patient – Franzose. Und wie immer der Raucherhaufen. Plötzlich kommt Bewegung in den Raum. Eine Krankenschwester schiebt in einem Elektrorollstuhl eine korpulente, aber schicke Dame höheren Alters in den Aufenthaltsraum und geht kommentarlos davon. Die Dame wartet bis die Schwester verschwunden ist und beginnt. „Das tut so weh, diese sogenannten Pfleger! Nur weil wir krank sind, denken die, sie können alles mit uns tun! Aber wir halten zusammen!", ruft die Dame und blickt auffordernd in die Runde. Unser Patient und die Andern sind Kummer – und noch viel mehr – gewohnt und achten nicht weiter auf den Neuzugang. „Sie, junger Mann! Junger Mann! Ja, genau Sie!" Unser Patient kann die Dame nun nicht mehr länger ignorieren. „Haben Sie vielleicht eine Zigarette für mich?“ Die Festsitzende versucht unbeholfen in eine andere Sitzposition zu kommen. Unser Patient hält ihr eine Zigarette hin. „Können Sie die mir in den Mund stecken?“, fragt die Dame und verweist auf ihre verkrüppelten Arme. „Und Feuer haben Sie auch noch? Bitte!“ Sie lächelt ihn freundlich an und formt erwartungsvoll leicht geöffnete, spitze Lippen. Unser Patient zündet eine Zigarette an seiner an und steckt sie dann der gierig wartenden Dame in den Mund. Sichtlich nikotinabhängig saugt sie tief daran. „Sie sind doch sicher technisch begabt?!“ Nuschelt die Dame und zieht dann mit einem Mundwinkel und bläst mit dem andern. „Ja, etwas schon“, antwortet unser Patient und ahnt nicht, dass er diese Aussage noch bereuen könnte. „Sehr gut. Das ist nämlich gar nicht mein Rollstuhl, die Armlehnen sind viel zu eng.“ Erneut versucht sich die dicke Dame mit den kurzen Unterarmen an den Lehnen abzudrücken. „Können Sie mir helfen die Armlehnen zu verstellen? Da unten muss es eine Verriegelung geben.“ Unser Patient zögert. Die Dame, noch immer mit der Kippe im Mund, lächelt ihn erwartungsvoll an. Etwas widerwillig geht unser Patient neben dem Rollstuhl auf die Knie, um seitlich unter dem Rollstuhl die Verriegelung zu finden. Unser Patient hat gerade den Hebel entdeckt, da trifft ihn aus heiterem Himmel ein Schwall warmer Flüssigkeit mitten ins Gesicht. Unser Patient springt auf, wischt sich mit der Hand über das Gesicht.! Pisse! Es riecht unverkennbar nach Urin! Er spuckt. Alles nass! Über sein Gesicht läuft körperwarme, gelbblasse Pisse! Die Dame spuckt ihren noch brennenden Zigarettenstummel aus – er landet zischend in der eben entstandenen Lache. Sie lacht laut und hysterisch. In seinen Haaren ist stinkende Pisse, seine Hände sind jetzt auch voll Pisse, sein Shirt hat ordentlich was abbekommen und auf die Hose tropft die Pisse! So hochgeschreckt entdeckt er auf dem Schoß der offensichtlichen Verursacherin, halb unter ihrem Pulli verborgen ihren, den am Zulaufventil abgetrennten, prallen Katheterbeutel. Die irre Frau im Rollstuhl presst mit beiden Krüppelhänden erneut den Beutel und spritzt meterweit durch den Raum, knapp an unserem maximal angeekelten Patienten vorbei, unter anderem dem Engländer auf die Schuhe. Sie lacht laut und grässlich lungenkrank. Dabei setzt sie ihren Rollstuhl mit einem Summen in Richtung Tür in Bewegung. Laut schreit sie nach der Schwester: „Schwester, Schwester! Ich will hier raus!“ Der Engländer flucht derbe über die Frau, was in der Hektik des Raumes aber fast ganz untergeht. Ebenso schnell – verdächtig schnell – wie die Krankenschwester verschwunden war, steht sie wieder hinter dem Rollstuhl und schiebt das Gespann wortlos und eilig davon. Unser Patient wischt sich dabei hektisch mit seinen T-Shirt-Ärmeln das Gesicht ab und auch die nass tropfenden Haare. Dann schnell wieder das Gesicht. „Dusche! Dusche!“, nur ein schreiender Gedanke! Er spuckt wieder, als er die Dame vom Flur her noch keifen hört: „Der Kranke wollte meinen schönen neuen Rollstuhl kaputt machen! Aber wir halten zusammen!", beschwört sie sogleich die Schwester.

Im Keller

„Haben Sie etwas Zeit, um mir zu helfen?" Eine unserem Patienten – trotz einer entstandenen Aufmerksamkeit für das Personal – noch vollkommen unbekannte blonde Schwester – ziemlich jung und ziemlich süß – steht vor unserem nur noch etwas Verrücktem und macht auf unschuldiges Mädchen. „Ja klar!", entgegnet unser Patient, ohne nachzudenken. „Dir helfe ich gerne!", denkt er noch in der gleichen Sekunde und fragt sie, ob sie neu sei. „Lange genug", ist ihre Antwort. „Aber schön, dass Sie mit mir in den Keller kommen. Außer Ihnen würde ich auch niemanden mit da hinunternehmen." „In den Keller? Nur ich?" „Sie waren doch schon mal im Keller", erklärt die Kleine etwas geheimnisvoll. Sie dreht sich elegant um die eigene Achse und schreitet in Richtung Fahrstuhl. Unser Patient läuft ihr hinterher. Nicht ohne ihren leicht hin und her wackelnden perfekten Hintern zu bemerken. Als spürte sie seinen Blick, grinst sie nur halb innerlich, während sie an ihrem dicken Schlüsselbund den passenden Schlüssel für den Fahrstuhl sucht. „Ah, der." „Warum darf nur ich mit in den Keller?" Unser Patient weiß nicht so recht, wie ihm geschieht. Er kann sich nicht erinnern schon mal im Keller gewesen zu sein oder je davon gehört zu haben. In diesem Moment aber glaubt er ein Déjà-vu zu erleben. Die süße Blonde grinst noch immer vielsagend. Der Fahrstuhl ist im Kellergeschoss angekommen und die Tür in die unbekannten Katakomben öffnet sich. „Ich könnte Ihnen einfach davonlaufen", bemerkt unser Patient herausfordernd. „Und wo wollen Sie hin? Hier unten verlaufen Sie sich nur!" Sie klimpert mit ihrem Schlüsselbund. „Ich könnte Sie überwältigen und mit ihren Schlüsseln entkommen", stichelt er weiter angesichts seiner neuen Überlegenheit hier unten, während er um mehrere Ecken und Abzweigungen die Flure entlang immer tiefer in den Keller gerät. „Überwältigen? Und warum denn davonlaufen?" Die Geheimnisvolle scheint sich ihrer Sache ziemlich sicher zu sein. In ihrer figurbetonten Schwesternkleidung – die genau die richtige Mischung aus sportlich und üppig erkennen lässt – bleibt sie vor einer Tür stehen und kramt nach einem weiteren Schlüssel. Unser Patient tritt, um ihr hübsches Gesicht besser sehen zu können, einen Schritt zur Seite. „Was soll ich Ihnen eigentlich helfen?", fragt er. Die Kleine blickt ihn mit großen Augen an. Sie hat den richtigen Schlüssel gefunden, schließt auf, dreht sich zu unserem Patienten um und zeigt auf die kleine Beschriftungstafel neben der Tür. „Matratzen", erfasst unser Patient. „Lager U.073", liest er noch unnötigerweise. Die süße Kleine strahlt ihn übers ganze Gesicht an. „Das wird Ihnen sowieso keiner glauben!", orakelt sie während sie mit ihrem Fuß schwungvoll die Tür weit aufstößt.

Im Garten

Nur manchmal öffnet sich die schwer verriegelte Tür aus dem Raucherraum hin zum umfriedeten Innengarten. Dann ist die Aufregung groß auf der sonst so geschlossenen Station. Denn es wird zwar immer angekündigt und behauptet, dass täglich geöffnet wird, aber keiner mit noch etwas Zeitgefühl glaubt mehr daran. Und unser Patient hätte gut daran getan, von Anfang an nie daran zu glauben. Nun ist es doch wahr geworden. Nach Tagen ohne Himmel, ohne Luft und ohne Natur. Das Treppengeländer die drei Stufen hinunter, mit der Hand an der ersten Hecke, am nächsten Baum. Das Fassadengerüst, aus dem unser verrückter Patient eine schöne Bühne bauen würde, könnte so leicht in die Freiheit führen. Die Schuhe und Socken ausgezogen, läuft unser verrückter Patient auf frisch gemähtem, kühlem Gras zu einer der bereitstehenden Liegen und nimmt sie vor den Anderen in Beschlag. Die Augen geschlossen lauscht er:

Unserem Vogel:

„Demokratie, Demokratie!", pfeift es mal wieder. Unser Verrückter erkennt diese Art von Vogel sofort. „Wer herrscht und wer sollte herrschen? Es ist schon lange Zeit, die Frage zu stellen!"„Stell die Frage, stell, stell", zwitschert der Vogel ins Ohr unseres immer noch genug Verrückten. „Blödes Tier." Eine Biene fliegt vorbei und unterbricht den Vogel in seinem Text. „Summ, summm", macht unser Verrückter. „Die Biene, die Biene", zwitschert es zurück. „Wenn du wüsstest, was ich gesehen!", denkt unser Patient und meint den kleinen, dicken Jungen in seiner gelben Hose. „Was du gesehen? Was ich gesehen! Hoch fliege ich, höher, als du je geflogen bist!", antwortet der Vogel auf die Gedanken. „Dann sing! Sing mir das Lied vom Wahnsinn unserer Tage!" „Wahnsinn? Was ist der Sinn im Wahn? Im Wahn im Sinn?", gurrt es. „Im Wahn der Sinn..."„Ach, du hast ja selbst einen Vogel", entgegnet unser verrückter Patient. „Zu hochgeflogen, zu weit geblickt! Dinge gesehen..." Die Tiefe aus der Höhe. Die Nähe aus der Ferne. „Erzähl mir etwas, was ich noch nicht weiß!", fällt unser Patient dem Singvogel ins Wort und beschließt ganz fest, nicht mehr länger auf Vögel zu hören, sondern selbst hochzufliegen.

„Ach hier sind Sie." Die Stationsschwester reißt unseren Patienten aus seinen Gedanken. „Ich habe Sie schon überall im Haus gesucht!" „Keine Sorge", entgegnet unser Patient. „Ich laufe schon nicht weg. Ich denke nur über die Vergangenheit nach." „Sie dürfen Ihre Medikamente nicht vergessen!" Schweigend folgt unser Patient der Schwester zurück ins Haus und nach dem Tablettenschlucken versucht er sich daran zu erinnern, wie es war, als er noch verrückt war:

Teil 2

„Ver rückt“

Sie mögen es nicht, wenn man „verrückt“ sagt. Man soll „krank“ sagen! „Verrückt“, so nennen sich höchstens – und das zu Recht – die Verrückten selbst. Aber alle „anderen“, vorweg das abgehärtete Personal und erst recht die verunsicherten Besucher, sagen diszipliniert „krank“, wenn sie „verrückt“ meinen. Doch unser Patient war nicht krank – er war viel lieber verrückt! Wahr: von allem hier und jetzt ver- und abgerückt. War wahrlich in seine andere Welt entrückt. „Krank“ ist etwas ganz anderes!

Der Ruf der Geschichte

„Was kann es Höheres geben! Es ist die Geschichte, die uns ruft!“ „Und Sie sind hier, weil jemand Ihnen diese Ideen befiehlt?“ Die junge, hibbelige und inzwischen sehr ungeduldige Ärztin fällt unserem Verrückten erneut ins Wort. „Nein! Ich bin hier, weil ich all das Drängen und das Flehen, endlich die neue Zeit einzuläuten, schon lange nicht mehr überhören kann und es jetzt auch nicht mehr leugnen will und darf! Ich höre eure Gebete!“ „Sie hören also doch Stimmen?!“, stellt die Ärztin zum wiederholten Mal fest. „Das kollektive Menschheitsunterbewusstsein appelliert nun nicht mehr nur in der Nacht an uns. Hören Sie es nicht, wie es durch unsere Zeit raunt: Komm! Komm und befiehl!" „Und wer noch mal sind Sie genau?" „Ich bin der Prinz aus Baden! Ich bin gekommen um Anspruch zu erheben – auf den Thron Europas!" Die hektische Ärztin blickt auf die Uhr. „Verstehe", sagt sie und blickt in Richtung Stationsarzt. „35?" „40! Mindestens eine Woche lang", überstimmt der hagere Mann die Assistenzärztin. Beide gehen eilig und wortlos aus dem Zimmer. Nur keine falsche Höflichkeit gegenüber frisch Verrückten!

Der gleiche Tag?

Freie Hände, freie Füße! Aufrichten. Frei.

Die Fixierung hängt lose am Bett herunter.

Wie lange schon?

Mehrere Leute im Raum.

Haltung. Nichts anmerken lassen...

Labile Bettflucht. Durch die Tür!

Über den Flur … noch mehr Freiheit.

Runde Tische im Raucherzimmer, mit Stühlen darum.

Langsame schwarze Blende. Stuhl!

In letzter Sekunde: Draufgefallen - geschafft.

Etwas klarer.

Eine Zigarette rauchen … wollen …

In der selben Sekunde. Wollen ...

Mit dem Oberkörper an die kalte Wand gelehnt.

Nackte, kalte Füße.

Wie? Wo ich? Wozu?

Mann im weißen Kittel läuft vorbei und lacht.

Fast schwarz. Fast ... dann:

Doch Gleichgewicht.

Schnell die Wand entlang.

Türrahmen. Anhalten.

Weißes Zimmer.

Fenster am Ende.

Betten links, genau so taumelnd rechts.

Und in der Mitte noch eins.

Was soll´s?!

Schlaf! Schlaf. Schlaf ...

Wie im Rausch der Wilden. Wie Willenlose um das goldfarbene Kalb. Wirr und krank die Welt. Krieg und Feuer unseren Dämonen!

Die Festung

„Bald sturmreif! Jetzt die Leitern! Gebt Befehl!“ Tausend rechte und tausend linke Stiefel stampfen durch den Morast. Der mächtige Mann neben seinem Bett stampft wie wild in einer Pfütze. „Sie haben Besuch“, sagt die Schwester; dreht sich um und geht zügig voran. „Jetzt, wo die Leitern angelegt werden!?“, beschwert sich unser Verrückter. „Ach, sie kämpfen auch ohne mich, die Tapferen, die treuen Freiheitsliebenden. Bald ist das Nest ausgeräuchert! Wer will mich sprechen?“ - Es ist der alte Hauptmann der Bühnenbauer, mit beiden Beinen auf dem Boden. Der alte Kamerad so vieler Schlachten. „Wir haben schon mal ohne euch angefangen!“ Der Besucher spricht vertraut ins Ohr unseres Verrückten und sie umarmen sich. „Er und die Männer – ohne mich?!“, schämt sich unser Verrückter etwas. Und er sieht die Leitern an der Burg und er denkt an die Bühnen die er noch bauen muss. „Alles auch ohne dich – für dich!“, beruhigt ihn sein Hauptmann. „Für mich auch ohne mich?!“ „Bald stürmen alle vereint die geplante Bresche!“ „Mehr Pfeile auf die Zinnen!“ Der Tribock feuert. „Die Nordwand ist bald sturmreif! Unterminiert ist sie, das Feuer brennt schon!“ „Hast du ihn auch schon gesehen? Den ewig gleichen, alten Feind. Das ewig gleiche Spiel! Die drinnen, wir draußen! Aber bald …!“ Sein Hauptmann nickt überzeugt. Er kennt das. Unser zeitlos Verrückter fragt, wie spät es ist. Die Antwort hört er nicht. Böig pfeift es über den Feldherrenhügel. Sein Banner peitscht im Wind. Der Boden zittert vom Stampfen der vielen.

Bestimmung

Mütter aller Ideenkinder!

Väter aller Ideenfinder!

Nährer aller Zeitenbringer!

Alles nur mit seinem Finger.

Nur klug zur rechten Zeit geklickt.

Der Druck Ihn endlich gleicher rückt!

Alle gehen und stehen nur noch gebückt.

Selbst noch in den kleinsten Taten: – raten – warten …

Lasst uns ein neues Geheimnis wagen

und es heimlich in uns tragen!

Gedankenfluten schwappen hoch den Wahn.

In uns – aus uns, bricht er sich Bahn.

Bestimmt zweihundertfünf und acht und tausend Jahre schon

erweisen wir im Wechsel Hohn und Thron.

Bald kniend lechzt die Welt nach diesem Wahn.

Sinnstifter und Vernichter aller Menschheitsplan.

Es macht auch seine Runde:

Seht hin: – Ist Weltenstunde!

Und wer bringt nun diese Kunde?

Ihr Weisen: kluge Kunde!

Vom Notwendigen in solcher Stunde?!

Die Wahrheit ist der Ersten nicht der Letzten Pflicht!

Wann wird der Kreis der Runde um sich selbst verrückt?

Die Wahrheit, die im Wahn aus alledem hier spricht.
Will doch lieber warten auf mehr bittersüßes letztes, schales
Stück vom alten Lebensglück ...
Will doch lieber warten, bis man uns trägt wie eh und je, uns
Stück gerade gut fürs Bühnenstück ...
Nein!
Nicht mehr! - Nicht!

Bin ich´s?

„Bin ich's oder bin ich's nicht?“, schluchzt unser verzweifelt Verrückter laut. Umringt von vermeintlich Weisen – von weißen Kitteln in weißen Hosen und weißen Gesundheitsschuhen. Mustern, abschätzen und in Kategorien packen. „Es kann nicht anders sein, es muss so sein! Warum sonst passt alles so perfekt zusammen – genau jetzt und hier! Alles Teil des großen Plans! Des eigenen Plans!“ Großzügig erkennt unser verrückter Prinz die schauspielerische Leistung seiner Mediziner an. Er spricht aufmunternd von der Raffinesse der Planung und dem baldigen Beginn. „Du spinnst, du bist verrückt geworden!“, ruft er zornig um sich. „Es kann nicht sein! Opfer der Geschichte – Bestimmer der Geschichte?! Verrückt sich dagegen zu wehren!“ Flehende Mitte trifft auf farblosen kühlen Kreis. „Nur ein Trick! Ausgetrickst! Von mir selbst ausgetrickst! Mein schöner Plan!“, spricht er zu sich selbst und erkennt schelmisch kichernd den neuen Trick darin. Die Ärzte reden in ihrer eigenen Sprache – sind in einer anderen Welt. Fast alle gelben Autos haben sich im Nirgendwo versammelt. „Wenn die Welt doch nur erkennen würde: Erkennt was ich gesehen! Der Kreis dreht sich nur um mich; erkennt unser Verrückter. Ein Knecht der Zeit bin ich! Mit tapsigen Schritten durch die Zeit und doch immer die gleiche Runde. Hört es ticken! Das ist es: Ich Tick nicht richtig! Aus der Zeit gefallen bin ich!" Große Verzweiflung! Erschöpft von der Bürde fällt er auf seine Knie. Neue Perspektive. Kaum vergrößerter Kreis der Weißen um ihn herum. Trotzig steht unser Verrückter wieder auf.

Bei den Weisen (und mehr)

Schwarz taumelt hinein ins Weiß des Lichts.
Licht und sogleich Gesicht.
Bunte Gesichter tauchen im Lichtermeer,
taumeln immer neue – immer mehr,
entschwinden und kommen näher.
Immer größer ihm tief ins Auge blickt.
Hinein getaumelt ins schwarz, das aus den Augen spricht.
Wir sind die Weisen spricht – oh Wunder nicht,
deutlich einer Frau Gesicht.
Näher – näher.

Die weise Frau – sie spricht:

Wir, die Weisen, die den Tag gesehen!

Wir, die Weisen, die die Nacht gesehen!

Wir, die Weisen …

Wir nehmen an!

Wir! – Ziehen mit Dir in den Kampf!

Unser Verrückter bemerkt urplötzlich, dass er nicht mehr auf Station ist. Er blickt, vom vielen weiß und schwarz betrunken, zur Seite. „Wo gehen wir hin?“, fragt er die Schwester, die ihn untergehakt mit sich zieht. Der Blick der Schwester geht an ihm vorbei und sieht den Pfleger an. „Wohin bringen Sie mich?“, fragt er den Pfleger, der ihn auf der anderen Seite unmissverständlich eingehakt hat. „Zum Ausgang, zum Ausgang!“, antwortet dieser und beide in Weiß grinsen. Unser Verrückter ist hin und her gerissen …

Weiter als die ferne Zukunft ist unser gegenwärtig Verrückter noch nicht gekommen. Sein Jetzt und Hier wie eine vergangene Welt. So jämmerlich die Präsenz der Gegenwart, so jämmerlich die Anstrengungen! Wo ist der Sinn, wo der Verstand? Lehrt uns die Vergangenheit den immer neuen Kampf. Doch ohne Zukunft keine Vergangenheit. Was spricht dagegen? Was dafür?

Der Unsympathische

Schon wieder wach im Bett? Ein neuer Tag, eine neue Nacht? Das Licht geht niemals aus! Es dämmert immer hier. Der große Mann steht ratlos neben der Pfütze. Nimmer normal. Raus hier. Tür auf, über den Flur … Raucherzimmer. Bitter: Frau durchwühlt Aschenbecher nach Zigarettenstummeln. Der rothaarige Ire lässt sich volljammern. Andere stehen Schlangengewirr vor dem speziellen Kasten an der Wand. „Das ist aber eine schöne Uhr", spricht ein unsympathischer Typ aus dem Nichts und greift nach dem Handgelenk unseres verrückten Uhrenbesitzers. „Wozu braucht jemand wie DU eine Uhr? Ich habe hier was viel Besseres für dich: Lass uns doch tauschen." Was zeigte der Zeiger meiner Uhr in jeder Sekunde? Das große Rad, es drehte uns schwindelig. Die Zeit erkennt wer den Augenblick des Tages vergisst. Draußen sind alle gelben Autos auf Frequenz. Schon wieder nicht hier? ... Zurück ins Bett. Über den Flur ins Zimmer. Mann läuft nun um die Pfütze... Ein anderer Mann streitet mit sich selbst. Schlafen! Im Wahn der großen Alten … Der Thron verwaist … Völker leiden …

Alles während unserer Wacht!

Glibbrig tropfende Schleierfäden verziehn.

Die Fehl-Leitfeuer im Widerschein fliehn.

Schon jetzt nicht mehr als Scheinesmacht
durch ziemlich Propagandaschlacht!
Not und Lüge regieren für uns den Ruin ...
Nur jetzt im Schein von brennendem Benzin!
Ihr braun, ihr rot soll alle verwirrn.
Wer ist das Volk und wer soll regiern?
Könnt ihr ihn endlich sehn?!

So wird er kommen – über Bühnen marschiern!

Der Bienenjunge

„Nochmals Danke für die Hose!" Ein kleiner, dicker Junge steht neben dem Bett unseres Verrückten. „Hab ich dich aufgeweckt?" „ Bin ich noch immer wach?", fragt sich unser verrückter Patient mal wieder. „Ich bin eine Biene. Ich kann summen." „Ja?!" Summ, summ fliegt der Junge in der gelben Hose davon. Der Mann nebenan streitet immer noch mit niemandem um nichts. Die Pfütze ist immer noch im Weg. Joghurt neben dem Bett. Dankbar essen. Weiterdämmern … Die Gedanken dem Körper entflohen. Umringt von seinen tausend Mann und scheinbar doch allein. Im Geiste aber schon immer – für immer! Die Krankenschwestern tratschen schon über die Dauer. Die Pfleger hoffen noch auf die Zeit. Die Ärzte legen nochmal mal 10 mg von was auch immer nach. Der ewig Erwachende schläft … noch.

Das Wachzimmer

Unser ständig erwachender findet sich immer noch im so genanten Wachzimmer wieder. Es ist mal wieder Tag oder Nacht. Irgendeine Zeit wird es schon sein, in diesem großen weißen Zimmer, in dem die Lichter immer brennen. Durch die Glastür nach rechts über den Flur – auf der Suche nach was Bestimmten ... Auf dem Weg zu der anderen Glastür. Dort im Raucherraum … Danach – für manche zum Glück, für andere zum Leidwesen – zurück zur anderen Tür. Einmal mehr die Tür auf der Seite des Raumes. Nicht diese, die andere. Da geht es wieder herum. Teilelegater Schwung. Unser schon wieder gegen Teile von sich, seinem Wissen, seinem Gefühl, seinem Verstand kämpfender Verrückter muss dieses mal links um die Ecke – wenn er wieder in das bestimmte Zimmer will. Sonst muss man von dort aus rechts herum in den ersehnten Raum. Den Flur nicht vergessen. Unser Verrückter orientiert sich noch unnötiger. Er geht oft dorthin, wo er herkommt und er kommt oft daher wo er hin geht. Einmal ist es die richtige Seite aber genauso oft auch die falsche. Wenn ich hier bin, muss ich dorthin und auch wieder rückwärts und zurück. Vorwärts! So zielstrebig wie eben möglich, ohne die passende Erinnerung, über den immer gleichen, weißen Flur mit den immer gleichen Türen immer im selben Abstand immer gleich rechts und links. Man könnte die Türen zur Orientierung zählen. Könnte – muss man zum Glück aber nicht, denn da ist auch schon unverkennbar dieses – selbst für hiesige Verhältnisse – spezielle Zimmer. Das Zimmer am Ende des Flurs, das Zimmer mit der Glasfront und der gläsernen Tür. Unser Verrückter blickt hinein. Ein vertrauter Sechsbettenschlafsaal. Aber zur Not ist in der Mitte immer noch Platz für ein weiteres, ein letztes Bett. Überbevölkert allemal … Die bauliche Transparenz und zeitloses Dauerlicht gewähren vom Pflegeposten direkt gegenüber aus gnadenlose Einblicke. Für die dortigen Pfleger und Schwestern auf ihrem Wachposten. Am bewachen sind sie bei ihrer Team- und Schichtarbeit und auch psychiatriespezifisches Eingreifen steht auf ihrem Plan. Dafür gibt's das Immerlicht für die so ruhelos Ruhenden. So sollen sie sich offenbaren – die nie Schlafenden, wie die nie Wachen. Zum Beleuchten von Entrücktem. Gerade hell genug zum ewigen Dämmern des Sinns von Gegrübel über den Wahn. Und das ohne Nacht und ohne Tag.

Nach der sechsten Nacht

„Wie konnte ich das nur so lange nicht missen und darüber auch noch fast vergessen!" Unser Patient sitzt auf seinem Bett. Immer noch der gleichhelle Tag?! Um ihn herum das gleiche Bild. Der Große hüpft in der Lache. Der andere hat sich immer noch nicht vor sich selbst versteckt. So lange nicht! So lange hat wortwörtlich die eine Hand nicht die andere Hand gewaschen. Nicht nur –

viel mehr als nur – zu dreckige, lange Fingernägel! Aber so wie es entschwunden war, so ist das Bedürfnis nun wieder da. Auf! Zum Duschraum! Zum über und über weiß gefliesten Duschraum.

FSK 18

Wo waren die Gedanken hin?
Wohin des Menschen-Mann Paradestück?
Mit elegantem Griff der Finger an der Hand,
fest um das mächtige Glied gerankt.
Mit Leidenschaft und Macht – wie ihm geschieht.
Im ernsten Ringen.
So wird es gelingen!
(Sonst braucht Mann gar nicht zu beginnen!)
Die Vorhaut weit zurück,
die Eichel strahlt vor Glück!
Im Gegenstoß die Finger noch mehr rangedrückt.
Die Ritze lang bis an die Spitze.
Die willig Haut hinein ins harte Stück.
Und wieder her und wieder vor …
und wieder her …
und immer auch zurück!
… und her und vor … und her und vor …

...

... Und dann! – Gleich, gleich.

Erst Krampf. DANN ...

Wichsspritz! Krampf, Spritz –

Halb- Krampf - Spritz!

Abwichs ...

Quetschwürg –

Quetscht - drück und abschüttel - tropfbeglückt!

Weiß auf weiß Gefliest vor sich selbst so hingespritzt.

Bis in den Abfluss weiter hinterher geblickt.

Die ganze Welt millionenfach beglückt!

„Das war nötig!“, spürt unser verrückter Patient seine Befriedigung durch und durch, als er wieder in sein Spezialbett zurückkehrt.

Veröffentlicht

„So, nun ist es an der Zeit, der Herr Professor will Sie kennen lernen.“ Die Krankenschwester weist in Richtung Tür. Unser Verrückter betritt einen großen, hohen und lichtdurchfluteten Saal. Drei Tische in U-Form und ein exponierter Stuhl in der Mitte. Eine junge Frau in Weiß, die er sicher irgendwoher kennt – irgendetwas mit seiner Uhr – vielleicht. Sie sitzt links am Tisch. Eine hagere, strenge Frau mittleren Alters rechts am Kopfende.

Und in der Mitte ein gemütlicher Mann mit weißem Vollbart und etwas zu listigen Augen. „Klar, dass ich hier schon überzeugt habe!", freut sich unser gespannt Verrückter mit seinen gut gehüteten Schriften in der Hand. „Nun", beginnt der Mann mit den alttestamentarischen Augen. „Erzählen Sie uns doch mal was über sich. Wir würden Sie gerne kennen lernen." „Wie ich heiße, tut nur wenig zur Sache", entgegnet unser Verrückter und legt demonstrativ den voll beschriebenen Blätterstapel auf seinen Schoß. „Ich bin der Autor, wer sonst!", denkt er und glaubt es gesagt zu haben. „Ich wurde gerade noch rechtzeitig fertig mit meinem Text. Dank an die helle Nacht. Wenn Sie was über mich und meine Absichten erfahren wollen?!" Die strenge Frau in Weiß schaut ihn über ihre Lesebrille hinweg skeptisch an. Der bärtige Mann bleibt unter seinem Bart verborgen ungerührt. Die Assistentin kramt in ihren Unterlagen. „Der Prinz von Baden!", verkündet sie. „AUS Baden!", beschwert sich unser Verrückter, der auf den Unterschied wert legt. „Der zukünftige Kaiser von Europa", ergänzt er noch wahrheitsgemäß. „Weil es sein musste, schrieb ich auch das!", zitiert unser Schreibverrückter frei aus seinem übernächsten Werk. „Und Sie schreiben auch hier noch, an was Sie gerade denken oder glauben?", fragt die Jüngere etwas ungeschickt. „Eine neue Idee für ein Gedicht!", freut sich unser auch reimend Verrückter. „Ich bin geworden, was ich geschrieben habe!", antwortet er zutiefst überzeugt. „Nun denn." Der gemütliche Mann blickt nur kurz in die Runde. „Wir sind uns denke ich, einig. Das war es bis auf Weiteres auch schon von unserer Seite." Er flüstert der Frau zu seiner Linken noch was zu. Diese nickt und schreibt kurz. „Wir wünschen Ihnen noch einen angenehmen Aufenthalt", sagt der Professor. „Alles Gute für Sie und bis bald." Unser Verrückter glaubt, die nervöse, junge Frau hat ihm dabei zugezwinkert. Sie ergänzt mit ihrem Kugelschreiber noch etwas in ihren Unterlagen. „Als ob Verleger schreiben könnten!" Unser Autor schüttelt innerlich den Kopf und denkt dabei an die Verbreitung seiner Worte. „Ich wusste, dass Sie hier mein Werk verstehen!?" Unser erleichtert Verrückter geht stolz zur Tür hinaus. „Dreimal auf Wiedersehen!", verabschiedet er sich noch und ist dabei nur wenig erstaunt, wie leicht es doch war, sein Machwerk ohne viel Worte gleich beim Ersten unterzubringen. Hochzufrieden geht er – so wie es erfolgreiche Schriftsteller tun – zurück in sein Lager.

/* Es folgt etwas vielleicht zu Theatralisches. Teile davon irgendwo schon mal gehört? Und auch noch Anstiftung zur Sachbeschädigung!

Bilder

Wenn ein Bild mehr sagt als tausend Worte, wer malt dann unsere Bilder? Nehmt die Stifte in die Hand, nehmt den dicksten Marker, nehmt den größten Pinsel, den ihr finden könnt! Nehmt

Gold, Rot, Gold und malt an alle Wände! Malt mit Blut, damit selbst Blinde es sehen können!

Solche Tipps hat unser Verrückter /*

Auf der Bühne

Bühne! Zur Bühne! Schnell!

Aus der Drehung: der Tisch!

Vornüber drauffallen.

Kalte Steinplatte.

Die Arme ganz breit.

Den ganzen Tisch ergreifen.

Greifbare, runde Steinbühne.

Rechtes Knie auf die Platte.

Die Arme ziehen – das linke Bein schiebt.

Linkes Knie auch noch auf die Platte.

Auf allen Vieren.

Durchatmen.

Aufstehen. Am Bühnenrand. Geschafft!

Ganz alleine in der Mitte seiner Bühne stehend:

„Hört mich an, ihr Verrückten!", ruft unser Verrückter. „Ich bin ´s, der nicht aufhören kann die Wahrheit zu verbreiten." Der Franzose schlürft einen Joghurt ohne Löffel direkt mit dem Mund aus dem Becher, den er quetscht. Der Pole raucht genüsslich eine mit „Immerwährende Freiheit" werbende Zigarette. Sie kennen das, die Nachbarn wissen: Hier zählt der Prophet nun mal nichts. „Und das ist genau das Problem." führt unser Verrückter den Gedanken fort. „Die denken, wir reden wirres Zeug, wir seien anders." Unser Verrückter zeigt in die Richtung zu denen, die er meint. „Aber das ändert sich jetzt, denn ich habe beschlossen, dass jetzt die Anderen einfach die Anderen sind!" Seine Zuhörer können sich sicher sein, dass sie gemeint sind – auf die eine oder andere Weise. „Dort glaubt doch jeder, sein Wahn ist wichtiger als alles." Unser Verrückter glaubt, dass einige das Spiel verstanden haben und davon profitieren und er erkennt, dass man dazu nicht verrückt sein muss – gar nicht sein darf. „Es sind die kleinen und die großen Dinge, wie sie sich drehen. Das Unsagbare, die Angst geht um, wegen zu vieler verbotener Wahrheiten, wegen zu vieler erwünschter Lügen. Das hat keine Zukunft – kein Weiter so! Diese Regeln die mal für den einen gelten und dann doch für andere wieder nicht. Nur weil wir uns Verrückte nennen. Manch Andere sollten mal an die frische Luft." Unser Verrückter zeigt zur Tür, die in den Garten führt – die wie immer verschlossen ist. Eine Schwester läuft zügig über den Flur entlang der Glasfront des Raucherraumes und schaut, wie sie immer schauen, hinein. Sie sieht unseren Verrückten ganz nackt auf dem Tisch, wild gestikulierend und was von „Vereint in Freud und Leid." in ihre Richtung rufend. Sie schüttelt nur den Kopf. Solange niemand sein Feuerzeug benutzt … „Mein Zorn ist gerecht", wettert unser Verrückter weiter. „Es ist die Welt da draußen, die uns hier hereingebracht hat. Aber jetzt drehen wir den Spieß um und bringen unsere Welt denen da draußen. Bittere Medizin. Viele, viele bunte Pillen – für alles und jeden! Das wollen wir doch mal sehen, wer hier wen therapieren muss." Der Franzose und der Pole nicken, sie wissen, warum unser Verrückter hier ist. Und so erklingt der Ruf des „Königs der Verrückten" weit hin und alle, alle, die ihn hören, folgen ihm, denn seine Absichten sind wahrhaftig und sein Kampf ist ein gerechter. Unser Verrückter wünscht es wäre anders gegangen. Aber manch einer wollte es so! Die gelben Transporter transportieren einfach nur. „Soll vergehen, was vergeht, soll entstehen, was entsteht. Es ist der Lauf der Dinge, der uns ins Chaos führt. Alle verrückt … Aber dies soll der Anfang einer neuen Geschichte sein. Deshalb hat das große Ganze, als wäre es selbstverständliches Schicksal, mich erwählt. Es muss mal wieder entschieden werden. Erkennt die Zeit. Kommt zum Denken. Hoffentlich bald genug gestritten. Seid weise, ihr Freien! Wir machen es, wie es Jahrtausende gute Tradition war. Dreimal „Hurra!", schallt es aus den Kehlen. Wessen Lösung ist jetzt die Verrückte? Bald, meine Brüder! Bald hat diese kranke Gegenwart eine Zukunft!" Unser Verrückter will am Ende noch etwas Mut machen, indem er den Sonnenschein nach dem Unwetter vorhersagt. Und so lässt er im Raume stehen, was hier unkommentiert bleibt und springt, wie in eine andere Welt hinein, von der Bühne neben den Tisch. Der Pole hat längst zu Ende geraucht, es riecht nach kokelndem Filter. Kann aber auch ein Aschenbecher sein, der qualmt. Der eine Zungenlänge breit am Rand ausgeleckte Joghurtbecher steht wie ein Andenken vor dem Franzosen auf dem Tisch. Dieses andere Zimmer braucht jetzt unser Verrückter, dieses Bett, das mit dem Dämmerlicht. Zum erwachten Träumen. Dieser Traum ... Verrücktes aus unseren Träumen wird es richten!

So träumte unser Immerwacher.

Am Ende des Beginns

Gegenwärtig wartet unser Patient auf seiner offenen Station vor dem Besprechungszimmer noch immer auf die Oberschwester. „So, Sie sind mal wieder dran.“, ruft sie ihm pünktlich um neun Uhr aus der Tür heraus zu. Die Entscheidung scheint anzustehen. Unser Patient betritt den großen, hohen Saal. Auch dieses mal die drei Tische in U-Form und ein Stuhl in der Mitte. „Jedes Mal aufs Neue?“, fragt sich unser Patient. „Oder doch für immer?“ Am Kopfende der gemütliche Mann mit weißem Vollbart und den listigen Augen. Die hagere, strenge Frau im weißen Kittel, Bühne - rechts. Die junge Assistenzärztin gegenüber. Die Schwester am Rande auf einem Stuhl. „Hier steht die Hierarchie wie eh“, denkt unser etwas nervöser Patient. „Nun“, beginnt der listenreiche Mann, als unser Patient Platz nimmt. „Wer waren Sie denn?“ Schweigen. „Ich kann mich nicht richtig erinnern“, schwindelt unser Patient kleinlaut aus der Not heraus. Alle sehen ihn an. Alle im Raum wissen, dass er gelogen hat. Die Assistenzärztin nickt, als hätte sie verstanden. Der Anflug eines schelmischen Grinsens beim Professor bleibt unter seinem Bart verborgen. Er weiß genau, warum er immer diese Frage als Erstes stellt! Die junge, immer nervöse Ärztin kramt in ihren Unterlagen.

„F 20.0, 23.2, 25.1.“, listet die ablesende Ärztin nüchtern die entrückten Lebenswelten, das Tag und Nachtwerk unseres Patienten auf. „Der Kaiser von China!“, ergänzt die Assistenzärztin vorlaut aus ihrer trügerischen Erinnerung heraus. „Und Sie glauben jetzt nicht mehr, dass Sie der Kaiser von China sind?“ „Nein!“, antwortet unser Patient überzeugt und überzeugend. „Gut“, sagt der Professor. „Das wissen wir natürlich. Ich habe auch nichts anderes erwartet“, gibt er Anlass zum Rätseln über die Herkunft der Gewissheit der Weisen. So blickt er in die Runde. Schweigendes Einverständnis von allen Seiten. Die Oberschwester ist erleichtert. „Wir haben es mal wieder geschafft! Einmal mehr wieder einen nach Hause geschickt“, triumphiert der Chef. „Dann wünschen wir Ihnen noch einen angenehmen Resttag und alles Gute für die Zukunft.“, spricht er und setzt seine Unterschrift auf das Papier vor sich und gibt es weiter an die Frauen zu den Seiten. „Und alles Gute auf Ihrem weiteren Weg. Sie werden jetzt doch sicher erst mal nach Hause gehen?“ „Ja, die Heimat ruft!“ ; bestätigt unser zu Entlassender. „Auf Wiedersehen!“, sagt unser erlöster Mann und nimmt sich beim Hinausgehen vor, dass beim nächsten Mal auf seinem Platz gespielt wird. Unser Ex- Patient verlässt das Gebäude. „Hinter mir! Ich habe es hinter mir!“ Doch ... Die Taschen voller ganzer, halber, runder und ovaler Tabletten – für jede erdenkliche Zukunft – aber stöhnt er dann: „Erst noch so viel … erst noch … bevor es besser wird …! Ach Weh und Zeit vergeh!“

Unser freier Mann steht nun alleine auf dem bekannten Hügel. Die erste Festung schon gleich im Sturm erobert. Die nächsten stehen auch bereit. In der Ferne rollen die Trailer und bauen sie Bühnen – wie immer für ihn – auch ohne ihn. Die Vögel zwitschern aufgeregt. Ein Greifvogel sitzt auf dem Baugerüst – dem Weg heraus oder hinein in die Freiheit. Und gerade als unser ernüchterte Mann sich fragt, was das Leben einem Ex-Verrückten wohl noch zu bieten hat und nicht zuletzt auch welche Frau wohl noch etwas mit so einem wie ihm zu tun haben will?! Da hält ein gelbes Taxi direkt auf seinem Weg, die Tür wird aufgestoßen und vor ihm steht aus elegantem Schwung heraus, völlig unvermittelt die süße, blonde Schwester. „Bettenlager!", schweigt unser Gentleman. Und die Kleine ganz in Weiß! Erst jetzt erkennt er sie. Es ist die Prinzessin aus dem Schwabenland! Ausgerechnet! „Wir kennen uns schon", zwinkert sie mit einem verschmitzten Grinsen in ihrem Dialekt. Und das erklärt: – Etwas. „Hier bin ich nun! Aber was hast du mir schon zu bieten? Du armer, kleiner, großer Prinz?", fragt sie frech nach oben. Doch ihr Blick verrät ihre Sehnsucht. „Du machst mich zu deinem König und ich mach dich zu meiner Kaiserin!", denkt unser Prinz – gerade laut genug. Und in ihrer beider Augen liegt die ganze Wahrheit und in ihrer Liebe die Zukunft …